고 고 캐치 고 바니몽 ❸

차례

밤달
한 번도 큰 소리를
내 본 적이 없는 바니몽

토미
게임이 특기인
바니몽

코코리
독특한 입맛을
가진 바니몽

둥둥
재미있는 장난을
좋아하는 바니몽

프롤로그

백앤아쵸가 캠핑장에 가기 전날

안녕! 당근 빌리지 최고의 소식통 요꾸르 아주머니야~

어제 요꾸르 아주머니 말을 끝까지 들을걸멍!

아유, 당근 빌리지 소개 영상을 찍는다고? 내가 딱 안내해 줄게!

여긴 학원가야. 다들 공부를 얼마나 열심히 하는지, 언제나 아이들로 가득하지.

학교 끝나면 바로 여기로 오는 애들이 많아.

앗, 요꾸르 아주머니!

장이 쏙 요구르트 있어요?

그럼 있지~

이 동네에 우리 단골이 많아요. 달콤새콤한 요구르트를 먹어야 공부가 잘된다나~

여긴 주택가야. 당근 모양 집들이 많아서 귀엽지?

음식 배달을 하는 허기늘보 씨랑 자주 마주치지.

안녕하세요~

아…안…녕… 하세요늘보…

느릿 느릿

성…공…!

3시간 만에 오다니, 신기록 달성이다멍!

앗, 쵸코잖아!

멈칫!

마침 요구르트도 사고 싶었습니다멍!

어머, 그러니?

훅~

나도 너희에게 제보할 일이 있어서 만나고 싶었는데~

오, 뭐예요멍?

궁금~

슥

1화

게임만 알던
바니몽의 후회

나랑 게임 하자~

으아악!

아름, 어서 점프 캐치 킥 해라멍!

황당

응? 어디 가냐멍!

줄행랑

거미! 싫어! 거미 다리! 무서워!

아름! 돌아와!

다다다다

뿌엉

저 긴 다리가 너무너무 징그러워!

그렇다고 레인저가 도망을 가면 어떡하냐멍!

으으,
저 긴 다리가
너무 무서워!

하지만,
꼭 성공해야 해!

오빠랑 쵸코가
고생하고 있잖아!

25

그런데 내가 게임을 너무 많이 하다 보니까, 늘 이기기만 해서….

재미없다며 다들 떠나 버렸어. 게임으로도 친구를 붙잡을 수 없게 되니까, 너무 외로웠던 것 같아.

재미없어

얘…얘들아, 가지마

맨날 혼자 이기네!

그래서 바니악이 되어서 바니몽들을 잡은 거냐멍!

훌쩍 훌쩍 훌쩍

이, 이러면 안 되는 건 알고 있는데, 나도 모르게….

앗, 내려왔다!

휘리릭

나 때문에 너무 고생했지? 미안해…. 같이 놀아 줘서 정말 고마웠어.

으, 응.

그래도 막내랑 놀아준 건 고마워….

맞아. 그래서 처음엔 바니악인 줄 몰랐어.

쓸쓸

어디 가냐멍!

어, 엉?

훽

같이 게임 할래? 난 보드게임 중에 이게 제일 재밌더라~

그렇게 게임을 잘한다니까, 이번엔 정정당당하게 놀아 보자멍!

나는 사다리 게임이 재밌더라~

뿅

뿅

나도, 재밌는 게임 많이 알아. 같이 하자~

난 기억력 게임 진짜 잘해. 내가 이길걸?

폴짝

나, 나랑 같이 논다고?

감동

28

나만 이기는
게임은
재미없어!

토미

타입 거미 바니몽

특징 4개의 눈

취미 각종 게임 하기

한 마디 게임을 잘하든 못하든, 나와 함께 놀아 주는
친구는 정말 소중해!

바니악 토미

영향력

게임 지수

· **바니악으로 변한 이유**
같이 게임을 하던 친구가 떠나서
생긴 외로움 때문에

· **바니악으로 변해서 한 일**
겜핑장에 온 바니몽들을
가두고 계속해서 자기가 이길
수 있는 게임만 함

관련 인물

캥콩킹 형제

타입 캥거루 바니몽

부모님이 바쁘셔서 셋이 뭉쳐서 노는 것에 익숙하다.
막내 킹킹이랑도 진심을 다해 게임을 하며 놀아 주는
토미가 싫지만은 않다.

마음 점프 업!

친구를 만드는 나만의 비법

새로운 친구를 만드는 일은 누구에게나 쉽지 않아. 각자 성격에 따라
친구를 만드는 방법도, 인기를 얻는 방법도 다 다르지. 백앤아쵸의 친구 사귀기
비법을 보고, 나만의 비법도 친구들과 나눠 보자.

백현 비법

**내가 잘하는 걸 멋지게
해내는 모습을 보여 준다!**

나는 게임을 잘하니까, 게임에서
멋지게 활약하는 모습을
보여 주면서 친구들의 흥미를
끌어. 그리고 나만의 게임 꿀팁을
알려 주는 게 비법이지!

아름 비법

내가 좋아하는 걸 나눠 줘!

내가 제일 좋아하는 건 달콤한 간식인데,
친해지고 싶은 친구와 나눠 먹어.
자연스럽게 친구는 뭘 좋아하는지
물어볼 수도 있고, 맛있는 걸
먹으면 기분이 좋아지니까
친해지기도
좋은 것 같아.

쵸코 비법

친구의 고민을 진지하게 들어 줘멍!

친구는 비밀과 고민을 함께 나누는
사이라고 생각해멍! 친구들의 고민은
아무리 작은 것이라도 내 고민처럼
듣고, 해결책을
고민한다멍!

나만의 친구 사귀기 비법

_____

_____

_____

_____

친구가 생기는 게임

토미는 게임에서 이기기만 하다가 친구를 잃었지만, 사실 게임은 친구를 만들기 아주 좋은 방법이기도 해. 처음 만나는 친구와 친해지며 할 수 있는 게임을 '아이스 브레이킹 게임'이라고 해. 어떤 것들이 있는지 알아보자고~

아이스 브레이킹이란?

처음 만난 사람들 사이의 어색함이나 긴장을 풀고, 서로 쉽게 친해질 수 있도록 돕는 활동 혹은 게임을 뜻하는 말이야.

아이스 브레이킹 게임 1 두 가지 진실과 한 가지 거짓말

게임에 참여하는 모든 사람이 자신에 관한 두 가지 진실과 한 가지 거짓말을 생각하고, 돌아가며 이야기해. "수영하다 돌고래를 만났어!"처럼, 진실이 특이할수록 흥미진진해져. 이야기를 듣고 어느 것이 거짓말 같은지 투표로 결정하지.

아이스 브레이킹 게임 2 이구동성 게임

팀을 나눠서 하는 게임이야. 여러 가지 카테고리에 맞는 두 가지 제시어를 보고, 3초 이내로 더 마음에 드는 쪽을 골라 외치면 돼. 모두 같은 단어를 고른 팀이 이기는 게임이지.

아이스 브레이킹 게임 3 접어 게임

손가락 다섯 개를 펴고 시작해. 게임에 참여한 사람들이 순서대로 돌아가면서 다양한 질문을 던져서, 해당하는 사람은 손가락을 접다가 다섯 손가락을 다 접으면 탈락하는 게임이야. "남색 옷 입은 사람 접어.", "안경 쓴 사람 접어."처럼 보이는 특징을 말할 수도 있고, "단 걸 좋아하는 사람 접어.", "매운 걸 잘 먹는 사람 접어."처럼 취향에 대한 이야기를 할 수도 있어. 모인 사람들의 특징을 관찰하면서 자연스럽게 친해질 수 있어~

친구도 생기고, 게임도 하고! 일석이조네~

재밌겠다!

2화

말하기가 무서운
바니몽의 비밀

으아! 귀신이다! 무서워!

으앙! 아무것도 안 보이는데 물건이 막 깨져!

여기야! 사람들이 막 뛰쳐나오고 있어!

호다닥

후다닥

그래멍! 냄새가 딱 여기다멍!

쿵

쿵

쿵

바니악, 멈춰!

백앤아쵸 레인저가 왔다!

호닥

41

어디로 갈지만 알면 킥을 날리는 건 문제도 아니지!

휙

착!

펑

퍼

펑

어, 도망간다!

내가 잡을게!

어딜 가는 거야!

점프

점프

꺄아악!

와락!

바니악 검거!

성공이다멍!

척

왜 이런 행동을 한 거야? 사람들이 엄청나게 놀랐다고!

힐끔!

그....

49

50

네 큰 소리 때문에 주변 건물이 다 흔들렸다멍. 카페는 네가 날아다녀서 모두 엉망이 되고멍!

정말 미안해….

절레 절레

추욱

목소리가 작은 게 문제라면, 내가 목소리 키울 때 썼던 방법을 알려 주겠다멍!

탕 탕

너도 목소리가 작았어?

깜짝

그랬다멍. 지금은 연습해서 극복했다멍. 함께하겠냐멍?

끄덕 끄덕

응! 열심히 할게!

그럼 가자멍!

앞으로 나를 사부라고 불러라멍!

응, 사부!

다다다다

밤달이가 자신감이 생긴 건 좋아. 목소리도 많이 커졌지.

하 하 하

푸 슈우우웅

하지만, 내 귀도 좀 쉬면 안 될까? 너무 시끄러워서 잠을 못 자겠어.

벌떡

지금이 대체 몇 시야! 밤이라고! 잠 좀 자자!

글썽

시간이 벌써 그렇게 됐냐멍! 미안하다멍!

미안해~ 내 목소리가 연습할수록 커지니까 너무 신기해서 그만!

사부! 그럼 내일 또 봐!

그래멍. 연습의 길은 끝이 없다멍!

내일 또 온다고?

화기

애애

체념

53

 **프로필 NO. 11**

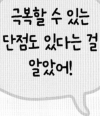 극복할 수 있는 단점도 있다는 걸 알았어!

밤달

타입 박쥐 바니몽

특징 심하게 작은 목소리

특기 멋지게 날기

한 마디 나도 할 수 있다는 걸 알았어!

관련 인물

굴굴이

타입 개구리 바니몽

큰 입과 큰 목소리에 콤플렉스가 있다. 자신의 이런
모습을 다른 친구에게 들키기 싫어서 밤달을 놀릴 때
앞장섰다.

당당한 나를 만들어 주는 응원봉

자신감을 키우려면 연습도 좋지만, 쵸코의 응원처럼 나에게 용기를 주는 응원도
꼭 필요하지. 비엔나들을 응원하기 위해 응원봉을 모아 봤어!
나만의 응원 문구도 적어 봐!

마음 점프 업!

발표왕이 되는 비법

발표왕이 되려면 어떻게 해야 할까? 쵸코가 발표왕이 되는 비법 노트를 찾았는데, 그만 군데군데 지워져 버렸어. 비법 상자 안에 있는 단어를 빈칸에 채워 발표왕이 되는 비법을 알려 줘!

♡ 발표를 앞두면 10번 연습하자!

더 많이 연습할수록 _____이 자라나!

발표 연습 체크 표				
1	2	3	4	5
6	7	8	9	10

♡ _____ 놀이를 하자

내가 크리에이터가 된 것처럼 놀이를 해 보자. 요리, 말랑이 만들기 등 내가 좋아하는 소재로 말하다 보면 발표도 쉬워질 거야.

♡ 나에게 _____을 보내 주자!

자신감을 북돋울 수 있는 문구를 써서 잘 보이는 곳에 붙여 두자!

비법 상자

촬영	응원	자신감

3화

독특한
바니몽의 소원

아니, 점심이니까 밥을 먹어야지! 난 마라탕 시킬래!

쩌렁

두둥~

난 오늘은 밥 대신 달콤한 걸 먹어야겠어! 탕후루 먹자고!

마라
마라
마라
탕
탕 탕 탕후루루!!

두 개 다 시키면 되는 거잖아멍…!

배달비 들잖아!

안 그래도 둘 다 파는 '마라탕후루' 가게가 생겼다멍!

척

마라 탕후루

뭐야?
주문 취소래!

고객님 죄송합니다.
업체 측의 문제로
주문하신 음식이
취소되었습니다.

두둥~

뭐라고?
1시간 30분이나
지났는데?!

진작 말해 줬으면
다른 거 먹었지! 에잇,
가게에 가 봐야겠어!

틱!

나도! 나도
같이 가.

나도
데려가라멍!

다급

어, 허기늘보!

뿔 뿔 뿔

허기늘보~ 마라탕후루 가게에서 주문한 음식이 취소됐는데, 혹시 뭐 아는 거 있어?

안녕… 늘보…!

다다닥

나도… 잘… 몰라. 가게… 사장님이… 입맛이 이상하다… 고… 늘보.

느릿 느릿

갑자기 모든 음식의 맛이 똑같게 느껴져…! 이대로는 요리를 못 하겠어….

훌쩍

훌쩍

저런… 늘보….

뭔가 수상한데멍! 가게로 어서 가보자멍!

응, 그러자!

느~릿

도 도 도

마라탕후루

왜!

깜 짝

엉엉엉

왜 비누 맛이
나는 건데?

양파에서도!
소시지에서도!

엥?
비누 맛이라니…
상상만 해도 맛없어!

세상에…
진짜 괴롭겠다.

경악

사장님멍!
언제부터 입맛이
이상해졌냐멍?

홱

어?
언제부터냐고?

음~ 맛 굿!!

킁 킁

2시간 전에는 괜찮았던 것 같아....

고수 햄

루 라면 대접살

고기

오, 여기는 고수가 있구나. 주문해야지!

앗, 학생~ 고수는 없어요. 손님들이 별로 안 좋아해서 뺐어요.

획

뭐라고요?

깜짝

아, 안 먹어요. 주문 취소예요!

프악

쿵

쿵

자, 잠깐! 학생!

그 학생이 다녀간 뒤로 입맛이 이상해진 것 같아.

바니악이 밥을 먹으러 온 건가멍...?

64

조금 전에 오늘 급식 재료를 확인하는데,

모든 재료에서 금속 맛이 나는 거야!

그게 언제부터였나요?

아침엔 괜찮았는데….

아무래도 이 메뉴는 빼야겠어. 고수를 싫어하는 아이들이 많으니까!

나도 싫어!

부들 부들

식단표를 짜면서 잠깐 급식실을 나갔다가 왔는데, 그 뒤로 이상해졌어.

호음~

둘 다 고수 얘기를 했었다멍.

뭔가 있는 것 같다멍!

이 스티커,
바니악이 붙인 것 같다멍.
이게 붙어 있으면 입맛이
변하는 거다멍!

그럼 일단 스티커를
다 떼고 다녀야겠다!

그 말도 맞지만,
바니악을 잡으면
한꺼번에 없어질 거다멍!

그렇지만 여태
바니악 귀 끝도
못 봤는걸…?

어?
저건 뭐야?

뭔가가 바니몽들을
치고 지나간다멍!

스티커를 붙이고
가는 거지? 아니 왜 이렇게
흐릿하게 보이지?

코알라 바니몽 코코리
고 고 캐치 고 성공~

너, 왜 사람들 입맛을
다 바꾸고 다닌 거냥?

나는 고수를
정말 좋아하는데,

다들 내가
좋아하는 걸 무시해서
속상했어.

웩, 이걸
누가 먹어?

고수는
없어요.

고수
싫어하니까~

아 진짜,
너무 싫어.

74

내가 좋아하는 음식을 두고 못 먹을 것 취급하는 게 너무 싫었어.

그러다가 바니악이 되었고….

이상한 맛이 나는 음식만 먹다 보면 고수를 맛있게 느끼지 않을까 생각했더니, 그런 능력이 생겼던 것 같아.

안 된다멍! 네가 좋아하는 걸 존중받고 싶은 만큼, 너도 다른 사람들이 안 좋아하는 건 존중해야지멍!

그, 그렇지….

하지만 난 네 마음도 이해가 가! 내가 좋아하는 걸 남들이 다 싫어하면 너무 속상하잖아.

맞아…. 그래도 친구들한테 미안해.

75

미안하다고 생각하면 됐다멍.

으응….

하지만 이대로는 네 취향이 계속 무시당하게 된다멍! 다른 방법을 고민해 보자멍.

방법이 있을까?

이건 어떠냐멍? 네가 좋아하는 음식을 만들어서 SNS에 소개해 보는 거다멍!

SNS에?

오, 그거 좋은 방법 같은데?

맞아. 사람들이 호기심을 가지고 볼 수도 있잖아!

하, 한번 열심히 해 볼게!

얼마 뒤

고수 탕후루 주세요!

저도요!

와, 완전 대박이네.

그게 말이다멍.

코코리의 영상이 이렇게 인기를 얻을 줄이야. 고수 탕후루가 대박이 났어!

다행이다멍. 이제 코코리도 화가 날 일은 없겠다멍!

흠, 나도 한번 먹어 볼까?

음… 말리고 싶다멍…

잠시 뒤

으아, 내 취향은 아닌 것 같아.

난 말렸다멍

77

 **프로필 NO. 12**

내가 좋아하는 걸 다들 존중해 주면 좋겠어!

코코리

타입 코알라 바니몽

특징 두꺼운 안경

특기 고수 요리

한 마디 서로서로 취향을 인정해 주면 더 행복할 거야!

관련 인물

끼니 선생님

타입 코끼리 바니몽

당근 학교의 영양사 바니몽이다. 언제나 몸에 좋고, 균형에 맞는 식사를 제공하기 위해 노력한다. 사실은 본인이 편식쟁이라 식단표를 짤 때마다 고민이 많다.

친구를 존중해 주세요

취향을 존중받지 못 해 바니악이 된 코코리! 하지만 코코리도 고수를 좋아하지 않는 친구들의 취향을 존중하지 않아 큰 소동이 생겼지. 다 함께 행복하기 위해 꼭 필요한 가치, 존중에 대해 알아보자.

존중이란?

높이어 귀하게 여기는 것을 말해. 존중은 사람이 갖추어야 할 중요한 덕목 중의 하나야.
내가 상대방을 존중할 때 상대방도 나를 존중해 주는 법이지. 특히 가까운 사이일수록 서로 존중해야 그 관계가 오래갈 수 있어.

친구를 존중하며 말하는 방법 3가지

① 친구에게 같은 말을 해도 더 예의 바른 단어로 말하기
② 친구의 말에 집중하고, 차례를 지켜서 말하기
③ 내가 한 말을 듣는 친구가 어떤 기분이 들지 상상하기

존중이 쉬워지는 예쁜 말 카드

친구에게 예쁘게 말하려면, 어떻게 해야 할까? 예쁜 말 카드를 보고 따라 해 봐!

내가 싫어하는 일을 나서서 하는 친구에게

쉽지 않은 일인데, 정말 멋지다!

친구와 함께 뭔가를 하기 전에

이렇게 해도 될까?

내 의견을 말하고 나서

너는 어떻게 생각해?

친구가 좋아하는 것이 나와 다를 때

네 취향도 멋지다!

호불호 빙고

친구가 좋아하는 음식을 나는 싫어할 수 있어. 반대의 경우도 있을 수 있지. 친구랑 빙고를 맞춰 보며 서로 뭘 좋아하고 싫어하는지 알아보자. 또 그 이유가 무엇인지 이야기도 나눠 보자!

호불호가 있는 음식 빙고

민트초코	건포도	굴
생선까스	콩국수	청국장
마라탕	산낙지	회

호불호가 있는 음식 빙고

민트초코	건포도	굴
생선까스	콩국수	청국장
마라탕	산낙지	회

편식이 꼭 나쁜 것은 아니야!

좋아하는 음식과 싫어하는 음식이 있는 것은 당연한 일이야. 좋아하는 색깔과 싫어하는 색깔이 있는 것처럼 말이야. 먹기만 하면 배가 아픈 음식이 있을 수도 있고, 알레르기 때문에 먹으면 안 되는 경우도 있지. 싫어하거나, 못 먹는 음식을 꼭 억지로 먹을 필요는 없어. 다만, 내가 싫어하는 음식을 친구가 좋아한다고 할 때, 친구를 무시하거나 이상하다고 놀려서는 안 돼!

충격을 받은
바니몽의 행방

우리 있던 자리에 땅굴이 생겼잖아!

갑자기 땅이 뚫리다니 무슨 일이냐멍!

저 좀 구해 주세요!

땅굴에 빠진 사람이 있었네!

너무 놀라서 못 일어서겠어요….

감사합니다!

다치지는 않아서 진짜 다행이다!

스멀

스멀

멍?

요꾸르 아주머니멍!

쵸코야!

괜찮으세요멍? 혹시 이게 무슨 일인지 아십니까멍!

안 그래도 이상한 걸 봐서 너희한테 알리러 가는 중이었어~

어젯밤에 디그팜 아저씨 농장에서 큰 고함 소리가 들리더라고. 깜짝 놀란 것 같았어~

고함 소리멍…?

으아아악

DIG FARM

그 근처에 땅굴 같은 흙더미에 걸려서 넘어질 뻔도 했어~

확실히 지금 일어난 일과 비슷하다멍!

심각

가 보자멍. 단서가 나올지도 몰라멍!

그래, 가자!

아저씨의 농장이 바니악 때문에 다 뒤집어졌는데요?

아, 아 그거~

첫

어제 좀 뒤집어지긴 했어~ 근데 이게 바니악 때문이라고?

우물

쭈물

이상하다멍!

당장 농장 수리비가 들게 생겼는데 아저씨가 아무렇지도 않다니, 수상해요멍!

이런 일이 생겼는데 왜 우릴 안 부른 거죠멍?

아, 그게~

딱 당근밭을 만들려던 참이라~ 공짜로 밭을 갈아서 좋아했지! 바니악은 생각도 못 했어!

하하

머쓱~

아저씨답네요!

아하~

멍...

아니, 동동아!

디그팜 아저씨, 아는 애예요?

아빠~

디그팜 아저씨네 막내잖아!

엥? 어쩌다 아저씨네 막내가 바니악이 된 거야?

아빠 일을 도와줘서 고맙다만, 왜 이런 거니?

너무 화가 났는데, 갑자기 바니악이 되었어요.

화가 난다고 온 마을을 쑥대밭으로 만들면 어떡하냐멍!

하지만, 친구 때문에 너무너무 화가 났다고요!

무슨 일이었는지 자세히 이야기 좀 해 봐!

그, 그게⋯.

 프로필 NO. 13

내가 재미있어도,
친구가 싫어하면
안 할 거야!

파괴 지수

이동력

· 바니악으로 변한 이유
재미로 친 장난에 친구가
절교를 말해서 화난 마음에

· 바니악으로 변해서 한 일
땅 밑을 빠르게 다니다가
곳곳에서 튀어나와 다른
사람들을 깜짝 놀라게 만듦

동동

타입 두더지 바니몽

특기 땅 파기 1등

취미 예쁜 모자 모으기

한 마디 내가 재미있으면 누구나 다 재미있을 줄 알았어!

관련 인물

숭이

타입 원숭이 바니몽

호기심이 많고, 뭐든 알고 싶어한다. 땅 밑에 대해
가장 잘 아는 동동이 너무 흥미로워 보여서 먼저
친구가 되자고 했다.

고민 캐치 씬

친구와 언제나 즐거워하고 싶다면, 주목!

장난을 잘 치는 친구와 있으면 재미있지만, 때로는 그 친구의 장난 때문에
힘들 때도 있을 거야. 나와 같은 고민을 하는 비엔나 친구의 이야기를 들어 보고,
나라면 어떻게 할지 함께 생각해 보자!

**T비엔나
(10세)**

나는 다른 친구들보다 좀 진지한 성격이야. 그래서 친구들이 내게 재미로 하는 말에도 쉽게
부끄러워지거나, 친구들이 나를 조금만 놀려도 너무 힘들어. 친구들의 농담을 잘 못 받아들이는
내가 나쁜 걸까?

장난인지, 괴롭힘인지를 결정하는 사람은 장난을 치는 사람이 아니라 장난에 당하는 사람이야.
장난을 당하고 네 마음이 즐겁지 않다면 그건 괴롭힘인 거지. 하지만 장난을 친 친구는 네 마음을
모를 수 있으니까, 먼저 단호하게 말할 필요가 있어. "나는 지금 이 장난이 재미없으니까, 그만했으면
좋겠어. 다른 걸 하면서 놀자!"라고 말이야.

**F비엔나
(11세)**

나는 장난을 굉장히 좋아하는데, 처음에는 친구랑 장난을 치면서 재밌게 놀지만 시간이
지나면 꼭 다투게 돼서 고민이야. 나는 재밌었는데, 친구는 놀다 보면 점점 재미가 없고
속상한 마음이 된다고 하더라고. 어떻게 해야 처음부터 끝까지 함께 재미있게 놀 수 있을까?

아무리 친한 친구라고 해도, 나와 모든 것이 다 똑같을 수는 없어. 친구는 어떤 장난을 좋아하는지
물어보자. 친구랑 내가 함께 좋아하는 장난을 지나치지 않게 하면 훨씬 재미있을 거야.
나도 장난을 굉장히 좋아하거든. 그런데 나만 좋아하는 장난을 칠 때보다 주변 친구들과 함께 장난을
칠 때 가장 재미있는 시간을 보냈던 것 같아.

장난은 모두가 재미있어야
진짜 장난이란 걸 잊지 마!

친구에게 보내는 암호 편지

동동이 숭이에게 하고 싶은 말을 담아 암호 편지를 썼대. 우정과 관련된 속담과
사자성어 문제를 풀고 나면 동동의 마음이 담겨 있는 편지가 나타날 거야!

① 죽 마

② 키 재 기

③ 게 편

④ 고 슴 도 치 도 살 가 있 다.

⑤ 따 라 강 남 간 다.

힌트

① 대나무로 만든 말을 함께 타고 놀던 오랜 친구를 말하는 사자성어로 어릴 때부터 친한 친구를 말해.
② 떡갈나무의 열매인 이것은 다들 크기가 비슷하지. 친구끼리 비슷비슷해서 비교할 것이 없을 때
　쓰는 속담이야.
③ 게, 새우와 비슷하게 생긴 이것은 앞의 큰 발에 있는 집게다리가 특징이야. 이 속담은 모습이나
　상황이 비슷한 친구끼리는 편을 들거나 돕는다는 뜻이야.
④ 고슴도치처럼 삐죽삐죽한 사람도 어울리는 동무가 있다는 뜻이야.
⑤ 자기 주관 없이 친구가 하자는 대로 친구에게 이끌려 다닌다는 뜻의 속담이야.

★ 동동의 메시지를 적어 봐! ★

정답은 133쪽

거짓말쟁이의
놀이공원

음멍?

이게 무슨 종이냐멍?

앗! 바니랜드 자유 이용권이다멍!

두둥~

꿈과 희망이 춤추는 바니랜드 티켓? 왜 거기서 나와?

백현 주머니에 있었다멍!

첫

하... 망했다!

삐질 삐질 삐질

!!

설명해라멍!

삐빌 삐빌 삐빌

잘 말해야 할 거야!

110

111

오빠! 쵸코가 티켓 두 장 더 찾았대! 우리 바니랜드 가자!

같이 가자멍!

백현이 없다멍?

오빠?

설마?

왜 그러냐멍?

역시! 티켓이 없어!

뭐? 우리 청소하는 사이에 몰래 나간 거냐멍!

그렇지! 오빠, 절대 용서 안 해!

114

왜 도망쳐 버렸지? 오히려 엄청 수상하게 생각하겠는데?

그냥 집에 갈까? 마음이 너무 불안해!

새로 생긴 놀이기구!

진짜 재밌겠는데?

그래, 어떻게 온 바니랜드인데! 놀아야지!

에라, 모르겠다. 뭐, 아는 사람을 또 만나기야 하겠어?

117

뭐가 있다고?

깜짝

너무 넓어서 못 찾겠다멍. 그냥 놀러 가자멍!

그러게. 시간 아깝다.

하아~

진짜 있잖아!

아름, 쵸코!

쩌렁 쩌렁

부르지 마!

오, 여니랑 너리!

…그리고 오빠!

홱

찾았다! 가만 안 둔다, 진짜!

거기 딱 서라멍!

끼야아악!

후다닥

이, 이게 무슨 일이지?

백현이 큰일 난 것 같아.

황당

121

거기 서라고!

지금 서면 10초 덜 화내겠다멍!

으 아 아 아

너희 같으면 서겠냐? 절대 싫어!

아오, 다리 떨러…

귀신의 집? 그래, 여기라도 숨자!

다다다다

쏙!

어? 방금까지 있었는데?

여기 들어간 것 아닐까멍?

두리번 두리번

히 히 히 히 히 히

에이~ 오빠 같은 겁쟁이가?

히 히 히 히 히 히

하긴 그렇다멍. 다른 데로 가 보자멍.

다행이다!

휴~우

히 히

나, 나도 빨리 나가야지. 여기 진짜 무서워!

음-산

히 히 히

어서 나가야…!

팍 앙

으악!

아니. 왜 못 나가는 거야?

꾹 꾹

바니몽 당근 빌리지 NO. 3

바니랜드

위치 당근 포레스트 반대편, 당근 빌리지의 학원가 근처

특징 어린이들이 가장 좋아하는 곳. 오래된 놀이공원이지만 최신 놀이기구는
다 있다.

바니랜드의 인기 비결

1. 놀이기구가 자주 바뀐다! 언제나 새로운 놀이기구가 생겼다 사라진다.
2. 인기 바니몽과 이벤트를 자주 한다. 최근에는 워뇨와 함께하는
   곱슬 코스프레 이벤트를 열었다. 가발이든 진짜 머리든 곱슬인 머리를
   보여 주면 입장료가 반값!
3. 요즘 당근 디저트가 늘었는데, 중독성 있는 맛이 특징이라고 한다.

당근 디저트?
나도 먹고 싶어!

쵸코의 믿거나 말거나 추리 극장
거짓말을 알리는 사인들

누군가 거짓말을 할 때, 알 수 있는 방법이 있을까? 거짓말을 하면
큰 스트레스를 받기 때문에, 어떤 사람들은 아래와 같이 행동하기도 한대.

코를 만진다?!
긴장하게 되면 갑자기
혈압이 상승하고,
콧속의 조직들이 팽창하여
간지럼을 느끼게 된대.
'피노키오 효과'라고도 해.

눈 맞춤을 피한다.
거짓말을 들킬까 봐 불안해서,
또는 상대방을 보지
않으려고 눈을 문지르거나
상대방의 눈을 피할 수도 있지.

입을 가린다.
대화 내용을 숨기고 싶은
마음에 손으로 입을
가리거나 입술을
건드릴 수도 있어.

산만한 행동을 보인다.
불안함에 몸을 가만히
두지 못하고, **산만하고**
정신없는 행동을 할 수도
있어.

대표적인 동작들
▶ 머리카락을 만진다.
▶ 다리를 떤다.
▶ 귀를 만진다.
▶ 손톱을 물어뜯는다.
▶ 손가락으로 테이블을
   두드린다.

이런 변화를 잘 읽어 내는
기계가 바로 '거짓말
탐지기'다멍!

감성지능
쑥!

바니랜드에 왔어! 신나게 놀고 가려는데 어쩐지 수상하게 생긴 바니악들이 돌아다니는 것 같아.
두 놀이공원 사이에서 다른 부분 10가지를 찾아봐. 그중엔 바니악도 숨어 있어!

정답은 133쪽

너에게 보내는 백앤아쵸의 응원

한 해를 시작하거나 새로운 계절이 시작될 때, 새로운 일에 도전하는
비엔나 친구들이 많지? 그런 친구들을 위해 백앤아쵸가 응원의 말을 준비했어.
미로를 통과하면서 만난 글자를 모두 이어 보면 어떤 말인지 알 수 있어!

정답

56쪽 발표왕이 되는 비법

104쪽 친구에게 보내는 암호 편지

130-131쪽 숨은 바니악 찾기

132쪽 너에게 보내는 백앤아쵸의 응원

고 고 캐치 고 바니몽 ③

1판 1쇄 인쇄 2025년 1월 8일
1판 1쇄 발행 2025년 1월 16일

원작 백앤아 | **글** 최재연 | **그림** 구은미

펴낸이 이필성, 차병곤
사업리드 김경림 | **기획개발** 김영주, 서동선, 윤지윤
영업마케팅 오하나, 김민경, 서승아, 문유지 | **디자인** 씨엘
백앤아 매니지먼트 장지호, 이한솔

펴낸곳 ㈜샌드박스네트워크 샌드박스스토리 키즈
등록 2019년 9월 24일 제2021-000012호
주소 서울특별시 용산구 서빙고로 17, 30층(한강로3가)
홈페이지 www.sandbox.co.kr
메일 sandboxstory@sandbox.co.kr | **전화** 02-6324-2292

©백앤아. All Rights Reserved.

ISBN 979-11-92504-51-3 74810
ISBN 979-11-92504-30-8 (세트)

* 샌드박스스토리 키즈는 ㈜샌드박스네트워크의 출판 브랜드입니다.
* 이 책은 저작권법에 의해 보호를 받는 저작물이므로 무단 전재와 복제를 금하며,
  이 책 내용의 전부 또는 일부를 인용하려면 반드시 저작권자와
  샌드박스스토리 키즈의 동의를 받아야 합니다.
* 잘못된 책은 구입한 곳에서 교환해 드립니다.

• 제조사명 : ㈜샌드박스네트워크
• 주소 : 서울특별시 용산구 서빙고로 17, 30층(한강로3가)
• 제조연월 : 2025년 1월
• 제조국명 : 대한민국
• 사용연령 : 3세 이상 어린이 제품

최고의 비엔나 상

이름:

위 비엔나는
바니악에게 점프 캐치 킥을 날리며
바니몽들의 고민을 해결하는
백앤아쵸 레인저를 최선을 다해
응원해 주었습니다.
이에 이 상장을 수여합니다.

년   월   일